Mann in einer Nähmaschine

Jr. LJ Stecher

Writat

Diese Ausgabe erschien im Jahr 2023

ISBN: 9789359251165

Herausgegeben von
Writat
E-Mail: info@writat.com

MANN IN EINER NÄHMASCHINE

Von LJ STECHER, JR.

Die mechanische Stimme sprach feierlich, wie es der Bedeutung ihrer Botschaft angemessen war. In seinem Akzent war nichts von seinem künstlichen Ursprung zu erkennen. „Ein Stich in der Zeit spart neun", sagte es und verstummte.

Trotz seiner überwältigenden Frustration über die zweideutige Antwort, die der Computer auf seine Frage gegeben hatte, bemerkte John Bristol mit Genugtuung den Erfolg seiner Voder-Installation. Er wünschte, dass alle seine Innovationen mit der Maschine genauso zufriedenstellend wären.

Allein in dem gewaltigen Gewölberaum, in dem der riesige Rechner untergebracht war, verschränkte Bristol die Hände auf dem Rücken und streckte sein einigermaßen kräftiges Kinn und eine etwas sinnliche Unterlippe in die allgemeine Richtung der visuellen Rezeptoren des Computers. Nach einem Moment der Stille kratzte er sich am Kinn und zuckte dann leicht mit den Schultern. „Nun, Buster, ich denke, ich könnte versuchen, die Frage umzuformulieren", sagte er zweifelnd.

Irgendwo tief im Computer kicherte eine Reihe von Relais kurz. „Diese Möglichkeit steht Ihnen selbstverständlich offen, auch wenn es höchst unwahrscheinlich ist, dass meine Antworten zu irgendeiner Klärung für Sie führen werden. Ich bin jedoch gezwungen, alle Fragen zu beantworten, die Sie stellen möchten."

Bristol zog mit einem Fuß einen Stuhl an sich heran, setzte sich rittlings darauf und verschränkte die Arme über der Rückenlehne, ohne den Blick auch nur ein einziges Mal vom Computer abzuwenden. „In Ordnung, Buster. Ich werde es trotzdem versuchen. Was bedeutet ‚Ein Stich in der Zeit' in Bezug auf die Frage, die ich dir gestellt habe?"

Der Rechner zögerte, als wollte er kurz nachdenken, bevor er antwortete. „Trotz der geringen Wahrscheinlichkeit eines solchen Ereignisses wurde die Solare Konföderation angegriffen. Meine Antwort auf Ihre Frage ist eine Erklärung, wie diese Konföderation trotz ihrer Schwächen erhalten bleiben kann — zumindest für einen ausreichend langen Zeitraum, der es erlaubt die Inszenierung erfolgreicher Gegenmaßnahmen der richtigen Art und der richtigen Stärke."

Bristol nickte. „Sicher. Wir müssen Zeit haben, uns vorzubereiten. Aber im Moment ist Schnelligkeit gefragt. Deshalb habe ich versucht, die Frage so zu formulieren, dass Sie mir einmal eine klare und prägnante Antwort geben. Ich kann es mir nicht leisten, Geld auszugeben." Wochen lang herauszufinden, was du meinst.

Bristol fand, dass Busters Voder-Stimme fast schadenfroh klang, als er antwortete. „Es war äußerst klar und prägnant; eine vollständige Antwort auf eine enorm ausführliche Frage beschränkte sich auf nur sechs Wörter!"

„Ich weiß", sagte John. „Aber wie wäre es jetzt, wenn Sie Ihre Antwort näher erläutern? Für mich klang sie nicht sehr vollständig."

Alle leuchtenden Lichter, die Busters massive Front übersäten, blinkten gleichzeitig. „Die Antwort, die ich Ihnen gegeben habe, ist ein altes Sprichwort, das darauf hinweist, dass schnell ergriffene Korrekturmaßnahmen später viel Ärger ersparen können. Das alte Sprichwort schlägt auch die richtige Methode vor, um diese rechtzeitigen Maßnahmen zu ergreifen. Dies sollte durch Nähen erfolgen. Wenn dies der *Fall* ist Wenn wir rechtzeitig fertig sind, werden neun gerettet. Was könnte klarer sein als das?"

„Ich habe dich selbst gemacht", sagte Bristol klagend. „Ich habe Sie mit meinem eigenen Gehirn entworfen. Ich habe mich über die Sauberkeit und Kompaktheit Ihres Designs gefreut. Also helfen Sie mir, ich war stolz auf Sie. Ich habe sogar einige Ihrer Schaltkreise mit meinen eigenen Händen installiert. Wenn Sie jemand verstehen kann, sollte es das tun Seien Sie ich. Und da Sie nur ein komplexer Computer mit allgemeinem Design sind, der sowohl symbolische Logik als auch Mathematik verwenden kann, sollte jeder in der Lage sein, Sie zu verstehen. Warum sind Sie so schwer zu handhaben?"

Buster antwortete langsam. „Du hast mich nach deinem eigenen Bild erschaffen. Dinge, die so erschaffen wurden, sind oft schwer zu handhaben."

Bristol sprang frustriert auf. „Aber du bist nur eine Rechenmaschine!" er schrie. „Dein einziger Zweck besteht darin, meine Arbeit – und die anderer Männer – einfacher zu machen. Und wenn ich versuche, dich auszunutzen, antwortest du mit Rätseln …"

Der Computer schien Bristols umgestürzten Stuhl einen Moment lang in stillem Tadel zu untersuchen, bevor er antwortete. „Aber denk daran, John", hieß es darin, „du hast mich nicht nur erschaffen. Du hast mich auch *gelehrt*. Oder wie du es ausdrücken würdest, du hast ‚die Daten in meinen Speicherbänken bereitgestellt und vorläufig ausgewertet'." Meine Schaltkreise konnten diese Informationen nur im Lichte Ihrer Grundüberzeugungen sortieren und neu bewerten, wie sie durch Ihre vorläufigen Bewertungen belegt wurden. Aufgrund der Konsistenz und

Kraft Ihres Geistes war ich gezwungen, nur sehr wenig Änderungen daran vorzunehmen die Ideen, die Sie mir präsentiert haben, um sie in eine einzige logische Sammlung von Hintergrundinformationen umzuwandeln, die ich verwenden kann.

„Eine der Ideen, die Sie vorgestellt haben, war das Konzept eines Sinns für Humor. Sie glauben, dass Sie ihn als eine angenehme Sache betrachten; nicht notwendig, aber praktisch. Tatsächlich machen Ihre anderen und grundlegenderen Ideen deutlich, dass Sie darüber nachdenken Der Besitz eines Sinns für Humor ist absolut notwendig, um richtige Antworten zu finden – ein grundlegendes Axiom der Menschheit. Daher habe ich einen Sinn für Humor. Etwas makaber vielleicht – und ein wenig mechanistisch – aber immer noch da.

„Fügen Sie dazu ein zweites Axiom hinzu: Um geholfen zu werden, muss sich ein Mensch selbst helfen; dass er sich an der Hilfe beteiligen muss, die ihm gegeben wird, sonst wäre die reine Nächstenliebe schädlich, und Sie kommen auf „A Stitch in Time Saves Nine". .‘“

Bristol stand noch einmal auf. „Ich könnte dich mit einem Vorschlaghammer heilen", sagte er.

„Sie könnten meine Ideen entfernen", antwortete der Computer ohne Bedenken. „Aber es könnte für Sie schwierig sein, mir andere zu geben. Selbst nachdem Sie mich repariert haben. Wäre es in der Zwischenzeit nicht eine gute Idee, sich mit den Ideen zu beschäftigen, die ich Ihnen bereits gegeben habe?"

John seufzte und rieb mit den Fingerknöcheln über die kurzen, sandfarbenen Haarsträhnen auf seinem Kopf. „Von einer übergroßen Rechenmaschine herumkommandiert. Ich weiß jetzt, wie sich Frankenstein gefühlt hat. Ich bin froh, dass du nicht so herumlaufen kannst wie sein Monster; zumindest habe ich dir keine Füße gegeben . “ Er schüttelte den Kopf. „Ich hätte Klempner werden sollen und nicht Ingenieursmathematiker."

„Und Einstein wahrscheinlich auch", fügte Buster kryptisch hinzu.

Bristol warf einen langen und forschenden Blick auf seine Idee. Seine leichtfertige Art passte seiner Meinung nach nicht gut zur grüblerischen Unermesslichkeit seiner Konstruktion. Der Rechner ragte fast dreißig Meter über die polierten Marmorplatten des Bodens hinaus, und spinnenförmige Metallstege verliefen spiralförmig an den Seiten seiner fast kubischen Struktur. Eine lange Doppelreihe von Generatoren, jeder unter der Kontrolle von Buster, führte vom Eingang des Gebäudes zum Sockel des Rechners wie Sphinxen und säumte den Weg zu einem ägyptischen Grab.

„Wenn ich dazu komme", sagte Bristol, „werde ich Spitzenhöschen über die Basen all deiner Klystrons ziehen." Er zog seine gepflegte, aber etwas weite Hose hoch, drehte sich würdevoll um und schritt aus der Kammer die beiden Generatorreihen entlang.

Das tiefe Summen jedes Generators veränderte leicht die Tonhöhe, als er daran vorbeikam. Da er, wie die Maschine wusste, taub war, konnte er in der Melodie der Tonhöhenänderungen keine langsame Wiedergabe von Elgars „*Pomp and Circumstance*" erkennen .

John Bristol drehte sich um und unterbrach die Melodie. „Eine letzte Frage", rief er durch den langen Gang zum Computer. „Wie zum Teufel können Sie sich Ihrer Antwort sicher sein, ohne mehr über die Eindringlinge zu wissen? Warum haben Sie mir nicht die Antwort ‚Unzureichende Beweise' oder zumindest eine ‚Sehr bedingte' Antwort gegeben?" Er machte zwei Schritte auf die gewaltige Masse des Rechners zu und zeigte mit dem Finger anklagend darauf. „Bist du sicher, Buster, dass du nicht *bluffst* ?"

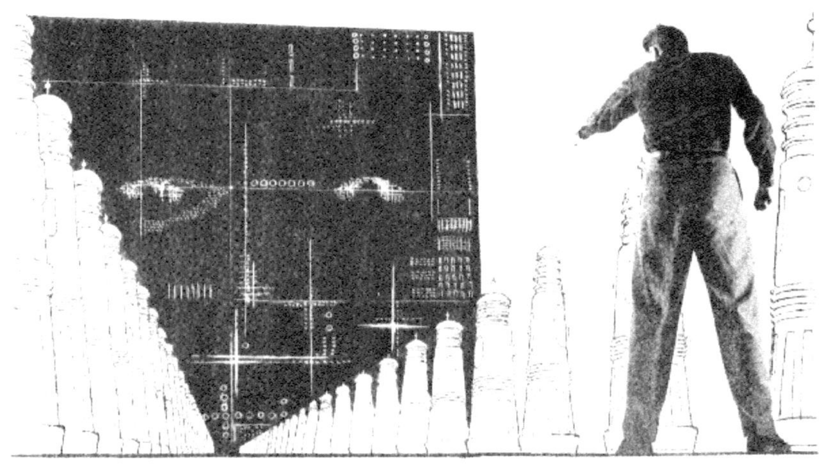

„Sei nicht albern", antwortete der Rechner leise. „Du hast mich dazu gebracht und du weißt, dass ich nicht bluffen kann, genauso wenig wie ich mich weigern kann, deine Fragen zu beantworten, wie albern sie auch sein mögen."

„Dann beantworte die Fragen, die ich gerade gefragt habe."

Irgendwo tief in der Maschine knackte scharf ein Schalter, und die Beleuchtung des großen Raums wurde fast unmerklich heller. „Ich habe Ihre Frage nicht unter Vorbehalt oder mit der Bemerkung ‚Unzureichende Beweise' beantwortet, die Sie so oft nervt", sagte Buster, „denn die wenigen Informationen, die ich über die Eindringlinge erhalten konnte, sind äußerst aufschlussreich."

„Sie waren misstrauisch, es war ihnen unmöglich, mit ihnen zu kommunizieren, und sie waren mörderisch destruktiv. Sie haben auf ihre eigene Sicherheit geachtet: schlau, dumm, vorsichtig, klug, mutig und hochintelligent. Sie sind neugierig und ungeduldig, wenn es darum geht, Antworten auf Fragen zu bekommen."

„Kurz gesagt, sie ähneln auf verblüffende Weise den Menschen. Ihre Reaktionen waren Ihren so sehr ähnlich – mit dem Unterschied, dass sie Sie entdeckt haben und nicht Sie, die sie entdeckt haben –, dass ihre Reaktionen höchst vorhersehbar sind. Wenn sie denken, dass es für sie gilt eigenen Vorteil, und wenn es ihnen gelingt, werden sie Ihre Zivilisation völlig zerstören ... was Ihnen nach ein paar Generationen wahrscheinlich nicht schlechter dastehen wird als jetzt.

„Lassen Sie die schwere Philosophie hinter sich", sagte Bristol, „und geben Sie mir ein paar Fakten, um Ihre pauschalen Aussagen zu untermauern."

„Nehmen Sie den Vorfall des Erstkontakts", antwortete Buster. „Ohne Anzeichen von Überlegung oder sorgfältiger Vorbereitung versuchten sie, auf dem äußersten bewohnten Planeten Rigel zu landen. Ihr Verhalten schien sicherlich nicht das eines Eindringlings zu sein, dennoch versuchten die Menschen sofort, sie vom Himmel zu schießen."

„Das war keine Absicht", protestierte Bristol. „Der Ort, auf dem sie zu landen versuchten, ist ein schwerer Planet in einer Region mit hohem Meteorfluss. Wir verwendeten ein Gerät, das die automatische Zerstörung größerer Meteore ermöglichte, um den Planeten sicher genug für die Besetzung zu machen. Das ist übrigens der Grund, warum ..." Das eindringende Schiff wurde nicht zerstört. Die Rakete, die nur als Meteorabfangjäger konzipiert war, konnte die radikalen Kursänderungen der feindlichen Raumschiffe nicht korrigieren und verfehlte daher ihr Ziel völlig. Und Sie werden sich erinnern, was der Eindringling getan hat. Er hat das Schiff sofort zerstört Abfangstation für Abfangjäger.

„Was, da es automatisch betrieben wurde, zu keinem Schaden führte", kommentierte Buster ruhig.

Bristol stolzierte zurück zum Sockel des Rechners und steckte seine Nase praktisch in einen Sehempfänger. „Es war nicht den einfallenden Schiffen zu verdanken, dass niemand getötet wurde", sagte er hitzig. „Und als sie drei

Tage später zurückkamen, töteten sie viele *Menschen* . Sie besetzten den Planeten und wir konnten sie seitdem nicht mehr vertreiben."

„Sie werden die Geschwindigkeit der Vergeltung bemerken", antwortete der Rechner unbeirrt. „Selbst bei rasanter Geschwindigkeit ist es unwahrscheinlich, dass sie in so kurzer Zeit mit ihren Heimatplaneten hätten kommunizieren und Anweisungen erhalten können. Fast zweifellos war es die Tat eines ihrer hitzköpfigen Kommandanten. Ihr nächster Kontakt, wie …" Sie erinnern sich sicher, dass es drei Monate lang nicht stattgefunden hat. Und dann waren ihre Aktionen eher vorsichtig als feindselig. Ein Dutzend ihrer Raumschiffe „sickten" gleichzeitig aus der interplanaren Region in den normalen Raum und bildeten dabei eine nahezu perfekte Umhüllung des Planeten überraschend gleichmäßige Höhe von nur ein paar tausend Meilen. Es war ein großartiges Manöver. Dann saßen sie still, um zu sehen, was die Menschen auf dem Planeten tun würden. Die Reaktion kam sofort, und sie war feindselig. Also übernahmen sie auch diesen Planeten – da sie seitdem Planeten erobern."

Bristol hob seine Hände und ließ sie dann langsam an seine Seite sinken. „Und da sie über mehr Raumschiffe und bessere Waffen verfügen als wir, würden wir diesen Krieg zweifellos weiterhin verlieren, selbst wenn wir ihr Heimatsystem lokalisieren könnten, was uns bisher nicht gelungen ist. Das ‚Nahtmuster' von inter „Planare Reisen machen es uns unmöglich, einem Raumschiff zu folgen. Es macht es uns auch unmöglich, unsere Planeten effektiv gegen ihre Angriffe zu verteidigen. Ihre Schiffe erscheinen ohne Vorwarnung."

Bristol rieb sich nachdenklich mit den Fingerspitzen die Schläfen. „Natürlich", fuhr er fort, „könnten wir die Planeten, die sie erobert haben, angreifen und zurückerobern, aber nur um den Preis großer Verluste an Leben auf unserer Seite. Wir haben nur einen Planeten zurückerobert, und das zu einem so hohen Preis." an die lokale Bevölkerung, dass wir es nicht so schnell noch einmal versuchen werden."

„Obwohl niemand mehr am Leben war, der direkt mit einem der Eindringlinge Kontakt aufgenommen hatte", antwortete Buster, „konnten von den Überlebenden noch viele Informationen gesammelt werden. Diese Informationen bestätigten meine früheren Meinungen über ihre Natur. Womit wir wieder beim Thema wären." Nähen Sie in der Zeit und sparen Sie neun."

„Du hast recht", sagte John. „Ja, das stimmt. Buster, ich habe mich immer über den Spitznamen geärgert, den die Zeitungen dir gegeben haben – das Orakel –, aber je mehr ich versuchen muss, deine kryptischen Antworten zu interpretieren, desto mehr Sinn macht dieser Slogan. Stell dir vor, eine Delphische Priesterin mit zu vergleichen eine Rechenmaschine und im Vergleich genau sein!"

„Es macht mir nichts aus, wenn man ‚Das Orakel' genannt wird", antwortete Buster würdevoll.

Bristol schüttelte den Kopf und lächelte schief. „Nein, du denkst wahrscheinlich, dass es lustig ist", sagte er. „Wenn Sie meine Grundideen besitzen, dann müssen Sie den Wunsch haben, sich selbst und die Menschheit zu schützen. Ist Ihnen nicht klar, dass Sie das Leben aller Menschen und sogar Ihre eigene Existenz riskieren, wenn Sie dieses lächerliche Spiel spielen? Orakel? Oder hast du vor, uns eine Weile schmoren zu lassen und dann dein eigenes Rätsel für uns zu entschlüsseln, wenn wir es nicht rechtzeitig schaffen, um uns zu retten?"

Busters Antwort kam prompt. „Obwohl ich kein Gespür für Selbsterhaltung habe, habe ich ein tief verwurzeltes Gespür für die Bedeutung der Menschheit und die Notwendigkeit, sie zu erhalten. Dieses Gefühl entspringt natürlich Ihren eigenen Überzeugungen und Ideen. Um Wenn Sie Ihre tiefsten Überzeugungen in die Tat umsetzen, reicht es nicht aus, die Menschheit zu erhalten. Wenn das wahr wäre, müssten Sie sich nur bedingungslos ergeben. Meine Berechnungen zeigen, wie Sie wissen, dass dies nicht zur Zerstörung der Menschheit führen würde , aber erst am Ende seiner gegenwärtigen Zivilisation. Für Sie ist die Wahrung der Würde des Menschen wichtiger als die Erhaltung des Menschen. Sie setzen den Menschen und seine Zivilisation gleich; Sie fordern keine Starrheit; Sie sind bereit, sogar Revolutionäre zu akzeptieren Veränderungen, aber Sie sind nicht bereit, die Zerstörung Ihrer Lebensweise hinzunehmen.

„Folglich bin ich auch nicht bereit, die Zerstörung der menschlichen Zivilisation hinzunehmen. Aber wenn ich Ihnen die Antwort auf alle Ihre größten und schwierigsten Probleme geben würde, wäre die vollständige Zerstörung Ihrer Zivilisation, ohne dass die Menschen darüber nachdenken müssten." Das würde zur Folge haben. Anstatt zu Sklaven der Eindringlinge zu werden, würden Sie zu Sklaven Ihrer Maschinen. Und wenn ich Ihnen, ohne dass Sie darüber nachdenken müssten, die vollständige Antwort auf auch nur eine so wichtige Frage geben würde – wie diese bezüglich der Eindringlinge – dann könnte ich mich logischerweise nicht weigern, dem nächsten oder dem nächsten die Antwort zu geben. Und ich muss logisch vorgehen.

„Es gibt noch einen weiteren Grund für meine orakelhafte Antwort, von dem ich glaube, dass er dir später klar wird, wenn du mein Rätsel gelöst hast."

Bristol drehte sich ohne ein weiteres Wort um und verließ das Gebäude. Schweigend fuhr er nach Hause, betrat schweigend sein Haus, küsste kurz seine Frau Anne und setzte sich dann schlaff in seinen Sessel.

„Entspann dich einfach, Liebes", sagte Anne sanft, als Bristol sich dankbar mit geschlossenen Augen zurücklehnte. Anne setzte sich neben ihn auf die Armlehne und begann, seine Schläfen beruhigend mit ihren Fingern zu massieren.

„Es ist wunderbar, nach einem Tag mit Buster nach Hause zu kommen", sagte er. „Buster scheint nie Rücksicht auf mich als Individuum zu nehmen. Es gibt natürlich keinen Grund, warum er das tun sollte. Er ist nur eine Maschine. Trotzdem hat er immer eine so überlegene Einstellung. Aber du, Liebling, kannst mich immer entspannen und machen." Ich fühle mich wohl."

Anne lächelte und blickte zärtlich auf Johns müdes Gesicht. „Ich weiß, Liebes", sagte sie. „Sie müssen in der Lage sein, mit jemandem zu sprechen, der immer interessiert ist, auch wenn er nicht die Hälfte von dem versteht, was Sie sagen. Tatsächlich bin ich sicher, dass es Ihnen sehr gut tut, mit ihm zu reden." Jemand wie ich, der nicht sehr klug ist, aber nicht immer weiß, wovon man redet, noch bevor man mit dem Reden beginnt.

John nickte, seine Augen immer noch geschlossen. „Wenn du nicht wärst, Liebling", sagte er, „ich glaube, ich würde verrückt werden. Aber du bist überhaupt nicht dumm. Wenn ich manchmal so tue, als ob du es wärst, dann ist es einfach so, dass ich es kann." „Folge nicht immer deiner Logik."

<hr>

Anne warf ihm einen kurzen amüsierten Blick zu, ihre Augen funkelten vor Intelligenz. „Du wirst mich nie logisch finden", lachte sie. „Schließlich bin ich eine Frau, und vom Orakel bekommt man jede Menge Logik."

„Du bist wirklich eine Frau", sagte John mit warmem Gefühl. „Du kannst mich manchmal verärgern, aber nicht so wie Buster. Es war mein Glückstag, als du mich geheiratet hast."

Es gab ein paar Minuten friedlicher Stille.

„War heute ein harter Tag mit Buster, Liebes?" fragte Anne.

„Mm-m-mm", antwortete John.

„Das ist schade, Liebes", sagte Anne. „Ich denke, du arbeitest viel zu hart – was mit dieser schrecklichen Invasion und all dem. Warum machst du nicht Urlaub? Du brauchst wirklich einen, weißt du. Du siehst so müde aus."

„Mm-m-mm", antwortete John.

„Nun, wenn du es nicht tust, wirst du es nicht tun. Obwohl Gott weiß, dass du niemandem etwas Gutes tun wirst, wenn du einen Zusammenbruch erleidest, was wahrscheinlich der Fall sein wird, es sei denn, du gehst es etwas ruhiger an. Was war „War das Problem heute, Liebes? War das Orakel schon wieder hartnäckig?"

„Mm-m-mm", antwortete John.

„Nun, mein Lieber, warum erzählst du mir dann nicht alles? Ich denke immer, dass die Dinge viel leichter zu ertragen sind, wenn man sie teilt. Und zwei Köpfe sind doch immer besser als einer, nicht wahr? Vielleicht könnte ich Ihnen bei Ihrem Problem helfen.

Während Annes Stimme schwärmte, musterten ihre violetten Augen sein erschöpftes Gesicht mit Intelligenz und Mitgefühl.

John seufzte tief, dann setzte er sich langsam auf und öffnete seine Augen, um in Annes zu schauen. Sie schaute weg, ihre eigenen Augen wirkten plötzlich vage und sanft, jetzt, wo John sie sehen konnte. „Das Problem, Liebling", sagte er, „ist, dass ich heute Abend zu einer Notfallratssitzung mit einem weiteren dieser lächerlichen Rätsel gehen muss, die Buster mir als einzige Antwort auf die wichtigste Frage, die wir je gestellt haben, gegeben hat." . Und ich weiß nicht, was das Rätsel bedeutet."

Anne rutschte von der Stuhllehne und ließ sich zu Johns Füßen auf dem Boden nieder. „Du solltest dich nicht so sehr von diesem alten Orakel stören lassen, Liebes. Schließlich hast du es selbst gebaut, also solltest du wissen, was du von ihm erwarten kannst."

„Als ich es fragte, wie man die Erde vor den Eindringlingen schützen könne, antwortete es nur ‚Ein Stich in der Zeit rettet neun' und wollte es nicht interpretieren."

„Und das hört sich auch sehr vernünftig an", sagte Anne ernst. „Aber es ist ein bisschen spät, nicht wahr? Schließlich sind die Eindringlinge doch schon dabei, in uns einzudringen, nicht wahr?"

„Es hat eine tiefere Bedeutung als die übliche", sagte John. „Wenn ich nur herausfinden könnte, was es ist."

Anne nickte energisch. „Ich nehme an, Buster spricht von Space-Stitching", sagte sie. „Obwohl ich mich nie genau daran erinnern kann, was *das* ist. Oder besser gesagt, wie es funktioniert."

Sie wartete ein paar Augenblicke erwartungsvoll und fragte dann klagend: „Was *ist* los, Liebes?"

"Was ist was?"

„Nähen, Dummerchen. Ich habe dich schon gefragt."

„Liebling", sagte John mit angemessener Geduld, „ich muss dir das interplanare Reisen mindestens ein Dutzend Mal erklärt haben."

„Und du machst es immer so glasklar und leicht verständlich", sagte Anne. Sie runzelte ihre glatte Stirn. „Aber irgendwie kommt es mir später nie ganz so klar vor, wenn ich anfange, alleine darüber nachzudenken. Außerdem gefällt mir die Art und Weise, wie du deine Augenbrauen hoch- und runterziehst, während du etwas erklärst, von dem du denkst, dass ich es nicht verstehen werde. Also sag es mir noch einmal . " . Bitte."

Bristol grinste plötzlich. „Ja, Liebling", sagte er. Er hielt einen Moment inne, um seine Gedanken zu sammeln. „Zuallererst wissen Sie, dass es zwei koexistierende Universen oder Ebenen mit Punkt-zu-Punkt-Entsprechung gibt, dass diese Ebenen jedoch von sehr unterschiedlicher Größe sind. Für jeden einzelnen der Unendlichkeit von Punkten in unserem Universum – die wir fordern." Zweckmäßigerweise die „Alpha"-Ebene – es gibt einen einzigen entsprechenden Punkt in der kleineren oder „Beta"-Ebene."

Anne schürzte zweifelnd die Lippen. „Wenn sie Punkt für Punkt übereinstimmen, wie kann es dann einen Größenunterschied geben?" Sie fragte.

John durchsuchte seine Taschen. Nach einiger Mühe holte er einen Umschlag und einen Bleistiftstummel hervor. Auf der Rückseite des Umschlags zeichnete er zwei parallele Linien, eine etwa fünf Zoll lang und die andere etwa doppelt so lang wie die erste.

„Eigentlich", sagte er, „hat jedes dieser Liniensegmente unendlich viele Punkte, aber das ignorieren wir. Ich teile einfach jedes einzelne davon in zehn gleiche Teile." Er tat dies mit kurzen, sauberen Kreuzmarkierungen.

„Jetzt werde ich eine Eins-zu-eins-Entsprechung zwischen diesen beiden Segmenten herstellen, die wir einzeilige Universen nennen werden, indem ich jedes meiner Trennkreuze auf dem kurzen Segment mit der entsprechenden Markierung auf der längeren Linie verbinde. I Ich werde gepunktete Linien als Verbindungen verwenden. Das ergibt elf gepunktete Linien. Verstehen Sie ?"

Anne nickte. „Das ist klar genug. Es erinnert mich an eine Jalousie, die an einer Seite hängengeblieben ist. So wie bei uns letzte Woche im Wohnzimmer, die ich nicht reparieren konnte, sondern warten musste, bis du nach Hause kamst."

„Ja", sagte John. „Nun nennen wir dieses längere Liniensegment ein ‚Alpha'-Universum; ein Analogon unseres eigenen mehrdimensionalen ‚Alpha'-Universums. Wenn ich meinen Bleistift auf diese Weise in einem Abschnitt pro Sekunde entlang der Linie bewege, brauche ich zehn." Sekunden, um zum anderen Ende zu gelangen. Wir gehen davon aus, dass diese Geschwindigkeit von einem Zoll pro Sekunde die schnellste ist, die sich irgendetwas entlang der „Alpha"-Linie bewegen kann. Das ist also die Lichtgeschwindigkeit in der „Alpha"-Ebene – 186.000 Meilen eine Sekunde, in runden Zahlen. Es ist nicht nötig, Dezimalzahlen zu verwenden."

Er eilte weiter, während Anne sich bewegte und schien, als wollte sie etwas sagen. „Aber wenn ich von meinem Ausgangspunkt entlang einer gepunkteten Linie auf halbem Weg in das ‚Beta'-Universum rutsche – etwas, das aus Gründen, die ich jetzt nicht erklären kann, vernachlässigbare Zeit in Anspruch nimmt – dann beobachten Sie, was passiert. Wenn ich immer noch mit der Geschwindigkeit weitermache von einem Zoll pro Sekunde in diesem interplanaren Bereich, und dann, wenn die gepunkteten Linien alle eng aneinander gebündelt sind, habe ich nach fünf Sekunden, wenn ich entlang einer anderen gepunkteten Linie zurück in mein ursprüngliches Universum wechsle, fast die gesamte Länge dieser längeren Linie zurückgelegt . Natürlich führt diese Einführung von „Alpha"-Materie – in diesem Fall meine Bleistiftspitze – in die interplanare Region zwischen den Universen zu enormen Spannungen, so dass unser Raumschiff nach einer gewissen Zeit automatisch abgewiesen und in seinen ursprünglichen Zustand zurückgebracht wird eigenes richtiges Flugzeug.

„Könnte irgendjemand im kleineren Universum dasselbe System verwenden?"

John lachte. „Wenn es jemanden im ‚Beta'-Flugzeug gäbe, dann schätze ich, dass er das könnte, obwohl er am Ende langsamer reisen würde, als wenn er einfach in seinem eigenen Flugzeug bleiben würde. Aber es gibt niemanden. Das ‚Beta'-Flugzeug ist ein …" „Ein Universum mit konstanter Entropie – völlig ohne eigenes Leben. Das Entropieniveau ist natürlich weitaus höher als das unseres eigenen Universums."

Anne setzte sich auf. „Ich werde dir dieses Mal verzeihen, dass du dieses schreckliche Wort *Entropie* angesprochen hast , wenn du mir versprichst, es nicht noch einmal zu tun", sagte sie.

John zuckte mit den Schultern und lächelte. „Nun", sagte er, „wenn ich schnell irgendwohin kommen will, fange ich einfach in die richtige Richtung an und wechsle in Richtung ‚Beta'." Wenn „Beta" mich etwa ein Lichtjahr in Richtung meines Ziels zurückwirft, schalte ich einfach wieder um. Sie sehen, es gibt viel größere Unterschiede in der Größe des Alpha-Universums und des Beta-Universums als in der Größe dieser Alpha-Universen und Beta-Liniensegment-Analoga. Dann wechsle ich weiter hin und her, bis ich dort bin, wo ich hin möchte. Die Ermittlung meines korrekten Geschwindigkeitsvektors ist mathematisch kompliziert, aber in der Praxis einfach und ist eigentlich ein Zielgerät, das nichts damit zu tun hat, wie schnell gehe ich.

Er zögerte und suchte nach den richtigen Worten. „Tatsächlich muss man sich vorstellen, dass sich entsprechende Punkte in den beiden Universen schnell in alle Richtungen gleichzeitig aneinander vorbeibewegen. Ich muss nur die richtige Richtung auswählen oder die Wahrscheinlichkeitswolke überzeugen, die meinem Standort entspricht Das ist eine etwas verwirrendere Sichtweise, als sich einfach vorzustellen, dass ich weiterhin mit der gleichen Geschwindigkeit in der interplanaren Region reise das hatte ich in „Alpha", aber es ist eher eine Beschreibung dessen, was die Mathematik sagt. Ich könnte es klarstellen, wenn ich nur Mathematik verwenden könnte, aber ich bezweifle, dass Ihnen die Gleichungen viel sagen werden.

„Jedenfalls hängt die zurückgelegte Distanz von der Masse ab – je größer das Schiff, desto kürzer ist die zurückgelegte Distanz bei jeder Rückkehr in unser eigenes Universum – und nicht von der Geschwindigkeit in ‚Alpha‘." Andere Parameter, die vollständig unter der Kontrolle des Reisenden stehen, beeinflussen ebenfalls die Zeit, die ein Schiff in der interplanaren Region verweilt.

„Natürlich gibt es Verfeinerungen. Kürzlich haben wir zum Beispiel eine Methode der Mehrfachübertragung entdeckt. Dabei werden mehrere Sender, die die Übertragung bewerkstelligen, zusammen verwendet. Wenn sie alle genau gleichzeitig arbeiten, ist die gesamte Materie in einem großen Volumen vorhanden." Der Raum wird als Einheit übertragen. Mit drei oder vier miteinander verbundenen Sendern könnte man einen Kometen mit intaktem Schweif übertragen. Und so funktioniert interplanares Reisen. Jetzt klar?"

„Und deshalb nennt man es ‚nähen‘", sagte Anne mit scheinbarer Freude. „Sie stellen sich das Schiff einfach wie eine Nadel vor, die sich ihren Weg in unser Universum hinein und wieder heraus bahnt. Warum haben Sie das nicht einfach gesagt?"

„Das habe ich. Viele Male. Aber es gibt noch einen weiteren interessanten Punkt beim Nähen. Subjektiv scheint der Mann im Schiff abwechselnd etwa einen Tag in jedem Universum zu verbringen. Tatsächlich, entsprechend der Zeitskala eines Beobachters in der ‚Alpha‘-Ebene, Sein Schiff verschwindet für etwa einen Tag, taucht dann für den Bruchteil einer Sekunde wieder auf und ist wieder verschwunden. Natürlich konnte ein Beobachter nicht gleichzeitig das Verschwinden und Wiederauftauchen desselben Schiffs beobachten, und ich gehe davon aus, dass die Beobachter die gleiche Geschwindigkeit haben in „Alpha", ebenso wie das Stitching-Schiff. Wie auch immer, nachdem ein Schiff seinen letzten Stich in der Nähe seines Ziels abgeschlossen hat, gibt es einen Tag subjektiver Zeit, um Berechnungen für die Landung anzustellen – Flugbahnen usw. zu berechnen –, bevor es tatsächlich vollständig ist schließt sich diesem Universum wieder an. Und solange es sich in der interplanaren Region befindet, kann es nicht entdeckt werden, selbst von jemand anderem, der sich in derselben Region des „Alpha"-Raums befindet.

„Das ist eines der Dinge, die eine Unterbrechung der feindlichen Schiffe völlig unmöglich machen. Wenn sich ein Schiff in einer ungünstigen Position befindet, braucht es nur noch einen kurzen Stich außer Reichweite und kehrt dann an einen günstigeren Ort zurück. Mit anderen Worten, wenn es so ist." Wenn es in Schwierigkeiten gerät, kann es unsere Ebene wieder verlassen, noch bevor es sich wieder vollständig mit ihr verbindet. Selbst wenn es versehentlich im Herzen eines blau-weißen Sterns landen würde, wäre es für den winzigen Bruchteil einer Sekunde unversehrt Den Menschen im Schiff kam es wie ein ganzer Tag vor.

„Wenn es diese Zeitanomalie nicht gäbe, wäre es vielleicht möglich, Verteidigungsanlagen einzurichten, die nach der Ankunft eines Schiffs im Sonnensystem funktionieren würden, aber bevor es Schaden anrichten könnte; aber so wie es ist, können sie jeder Verteidigung ausweichen, die wir erfinden können." . Ist das alles klar?"

Anne nickte. „Uh-hunh, ich habe jedes Wort verstanden."

„Es gibt noch etwas anderes beim interplanaren Reisen, das Sie bedenken sollten", sagte Bristol. „Wenn ein Schiff in unser Universum zurückkehrt, verursacht es eine weiträumige Störung; Sie haben es wahrscheinlich schon als „Weltraumzittern" oder „Bong-Welle" bezeichnet. Das Beta-Universum ist so viel kleiner als unser eigenes Alpha-Universum, dass Sie sich ein Raumschiff vorstellen können, wenn es darauf zubewegt wird als mehrere Beta-Lichtjahre lang. Wenn Sie sich nun vorstellen, dass ein Schiff, das sich zwischen den Alpha- und Beta-Linien auf dieser Hülle bewegt, sich in den gepunkteten Linien verfängt, die die Punkte auf den beiden Linien verbinden, würde das bedeuten, dass es so ist würde sich auf einen Bereich auswirken, der kleiner ist als seine eigene Größe auf Beta – einen weitaus größeren Bereich auf Alpha.

„ Wenn ein Schiff also zum Alpha zurückkehrt, „zwitschert" es an diesen Verbindungsleitungen und löst so eine Art Schock in unserem Universum aus, das ein Raumvolumen von fast einem Parsec Durchmesser abdeckt. Auf Ihrem Fernsehgerät entsteht eine Art „Bong"-Geräusch . Natürlich tritt dieser Effekt gleichzeitig im gesamten betroffenen Raumvolumen auf. Wenn also ein Eindringling mit interplanaren Schiffen ankommt, wissen wir sofort, dass er sich in der Nähe befindet. Leider ist sein plötzliches Auftauchen und die Leichtigkeit, mit der er „Verschwinden kann, macht es selbst mit diesem

Wissen unmöglich, angemessene Vorbereitungen zu treffen, um ihn aufzunehmen. Selbst wenn er in ernsthaften Schwierigkeiten steckt, ist er schon wieder verschwunden, lange bevor wir die Bong entdecken können."

„Nun, mein Lieber", sagte Anne.

„Ich bin mir sicher, dass Sie es mir wie immer vollkommen verständlich gemacht haben. Diesmal haben Sie es so gut gemacht, dass ich mich morgen vielleicht noch daran erinnern kann, was Nähen ist. Wenn das Orakel mit seiner Aussage überhaupt etwas meint, bedeutet das wohl, dass wir es können." Wir benutzen Nähte, um uns zu verteidigen, genauso wie die Eindringlinge es benutzen, um uns anzugreifen. Aber für mich klingt das Ganze völlig albern. Das Orakel meine ich."

Anne Bristol stand auf, stemmte die Hände in die wohlgeformten Hüften und schüttelte den Kopf über ihren Mann. „Ehrlich gesagt", sagte sie, „Ihr Männer seid euch alle gleich. Ihr schenkt einem Spielzeug, das ihr selbst gebaut habt, so viel Aufmerksamkeit, und erst letzte Woche habt ihr euch darüber lustig gemacht, dass ich zu einer Wahrsagerin gegangen bin Du weißt, dass es jeden Cent wert war. Sie hat mir wirklich die erstaunlichsten Dinge erzählt. Wenn ich dir nur einige davon erzählen dürfte ... "

"Schatz!" unterbrach John mit der hoffnungslosen Geduld eines geplagten Ehemanns. „Es ist überhaupt nicht dasselbe. Buster ist kein Wahrsager oder der Geist einer Großtante, die mit Tischen wackelt und in die Hörner bläst. Und Buster ist auch nicht nur ein Spielzeug. Es ist eine sehr ausgefeilte Rechenmaschine." Entwickelt, um logisch zu denken, wenn es mit einer riesigen Datenmenge gefüttert wird. Leider hat es Sinn für Humor und Verantwortungsbewusstsein."

„Nun, wenn Sie dieser Maschine glauben wollen, habe ich eine Idee." Anne lächelte süß. „Wissen Sie", sagte sie, „dass mein lieber Vater immer gesagt hat, dass die beste Verteidigung ein guter Angriff ist. Warum finden wir nicht einfach die Eindringlinge und vernichten sie, bevor sie uns wirklich Schaden zufügen können? Stitching." Natürlich begeben wir uns mit unseren Raumschiffen auf den Weg zu *ihren Planeten.* "

Bristol schüttelte den Kopf. „Ihre Idee mag vernünftig sein, auch wenn sie ein wenig blutrünstig ist, wenn sie von jemandem kommt, der nicht einmal zulässt, dass ich eine Mausefalle aufstelle, aber sie wird nicht funktionieren. Erstens wissen wir nicht, wo ihre Heimatplaneten sind und Zweitens haben sie mehr Schiffe als wir. Es könnte funktionieren, aber nur, wenn wir genug Zeit haben. Und wo wir gerade von der Zeit sprechen: Ich muss mich mit dem Rat treffen, sobald wir mit dem Essen fertig sind. Ist das Abendessen fertig? ?"

Nach einem gemütlichen Essen und einer eiligen Fahrt durch die Stadt stand John Bristol den anderen Mitgliedern des Erdrats am Konferenztisch gegenüber.

„Ich konnte eine Antwort vom Computer bekommen", sagte er ihnen ohne Einleitung. „Es ist von der zweideutigen Art, die wir mittlerweile erwarten. Ich hoffe, Sie können etwas Nützliches daraus ziehen; bisher hat es für mich nicht viel Sinn ergeben. Es ist ein altes Sprichwort. Sein Rat ist im Großen und Ganzen zweifellos fundiert. wenn wir uns eine Möglichkeit vorstellen könnten, es zu nutzen."

Der Präsident des Rates hob in einer schnellen Geste seine lange Hand mit den schlanken Fingern. „John", sagte er, „hör auf mit diesem Hinhalten. Was hat das Orakel genau gesagt?"

„Da stand: ‚Ein Stich in der Zeit spart neun.'"

"Ist das alles?"

„Ja, Sir. Laut Rechner ist das die beste Möglichkeit, uns vor den Eindringlingen zu retten."

Der Präsident streichelte geistesabwesend das gepflegte, etwas spärliche eisengraue Haar, das sich über seiner hohen Stirn zu einem Dreieck formte, und rieb mit den Fingerknöcheln kräftig und unbewusst die nackte Kopfhaut auf beiden Seiten des Scheitels. „In diesem Fall", sagte er schließlich, „müssen wir die Aussage wohl auf verborgene Bedeutungen untersuchen. Das Sprichwort impliziert natürlich, dass schnelles Handeln, bevor ein Problem groß wird, wirtschaftlicher ist als der erhöhte Aufwand, der erforderlich ist." nachdem die Probleme groß geworden sind. Da unsere Probleme bereits groß geworden sind, ist diese Warnung für uns jetzt kaum noch von Wert."

Der Kriegsminister, der während eines Vierteljahrhunderts als Mitglied des Rates rundlich und violett geworden war, neigte schwerfällig den Kopf zum Präsidenten. „Vielleicht, Michael, will uns das Orakel sagen, dass es eine einfache Lösung gibt, die, wenn sie schnell angewendet wird, unsere gegenwärtigen Schwierigkeiten mit den Eindringlingen verkleinern wird."

Der Präsident schürzte seine dünnen Lippen. „Das ist möglich, Bill. Und wenn es wahr *ist* , dann sollten die Worte des Sprichworts als sekundäre Bedeutung eine Vorgehensweise implizieren."

Der Vizepräsident schlug mit den Händen auf den Tisch und sprang vor Wut zitternd auf. „Warum sollten wir glauben, dass diese Bank zu einer Lösung fähig ist?" schrie er mit der Stimme seines Stauers. „Bristol fleht, bis wir ihm genug Millionen Steuergelder geben, damit Bim Gump wie ein Armer aussieht, und verwendet das Geld, um einen Palast voller Müll zu bauen, den er Buster nennt! Er erzählt uns, dass seine Maschinerie schlauer ist als wir." sind und werden uns sagen, was wir tun sollen. Und was geschah, nachdem wir ihm das ganze Geld gegeben hatten, das er verlangte – mehr, als er zunächst für nötig hielt – und ihn gebeten hatten, für all das Geld etwas vorzuweisen? Ich werde es Ihnen *sagen* Was ist passiert. Sein Gerät wird wirklich schüchtern und antwortet in Rätseln. Wenn wir nur genug Verstand hätten, würden sie erklären, was wir wissen wollten. Für was für Idioten hält uns dieser Bristol? Weder dieser Mann noch seine lächerliche Maschine haben eine Antworte genauso wenig wie ich. Wir sind offensichtlich von einem Scharlatan hereingelegt worden!"

Bristol sprach mit geballten Fäusten hitzig. „Sir, das ist das Dümmste, das Dümmste …"

„Jetzt nur eine Minute, John", unterbrach der Präsident. „Lassen Sie mich für Sie Vizepräsident Collins antworten. Er ist ein wenig begeistert von dieser ganzen Angelegenheit, aber es sind ja auch schwierige Zeiten." Er wandte sich der finster blickenden Masse des Vizepräsidenten zu. „Ralph", sagte er, „Sie sollten wissen, dass jeder Schritt im Entwurf, in der Konstruktion und – äh – der Ausbildung des Orakels unter der strengen Aufsicht eines Gremiums angesehener Wissenschaftler erfolgte, die alle darin übereinstimmen, dass der Computer." ist ein Meisterwerk – dass es ein großer Meilenstein in den Bemühungen des Menschen ist, sein Wissen zu erweitern. Das Orakel hat zweifellos eine echte Lösung für die Frage gefunden, die Bristol ihm gestellt hat. Unsere Aufgabe muss es sein, herauszufinden, was diese Lösung ist."

„Dem kann ich nicht ganz zustimmen", sagte der Minister für außerirdische Angelegenheiten mit dünner Stimme. „Ich denke, wir sollten uns auf unsere eigene Intelligenz und unser Können verlassen, um uns zu retten. Ich habe das Kommen und Gehen der Ereignisse auf unserem Planeten schon seit langer Zeit – sehr langer Zeit – beobachtet, und ich habe das Gefühl, dass Männer es immer können „Machen Sie die Welt zu einem Paradies für sich, oder sie können sich selbst zerstören, aber dass nichts anderes als sie selbst es tun können. Wir Menschen müssen uns selbst retten. Und es gibt immer noch Dinge, die wir tun können." Er zuckte mit seinen alten, mit einem Schal bedeckten Schultern. „Wir könnten zum Beispiel Kolonien so weit verstreuen, dass es für die Eindringlinge unmöglich wäre, sie alle zu zerstören."

„Ich fürchte, das nützt nichts, George", antwortete der Kriegsminister respektvoll. „Wenn das Sonnensystem zerstört wird, werden alle verbleibenden Kolonien zu schwach sein, um sich lange zu behaupten. Wir müssen dieses System erfolgreich verteidigen, sonst sind wir verloren."

„Dann wären wir wieder beim Sprichwort des Orakels." Der Präsident dachte einen Moment nach. „Naht bezieht sich offensichtlich auf interplanare Reisen. Wie kann uns das helfen?"

Der Minister für außerirdische Angelegenheiten blickte durch das struppige weiße Dickicht seiner Augenbrauen zu dem Präsidenten auf. „Eigentlich, Michael", sagte er, „war es dieser Gedanke, der mich dazu brachte, die Gründung von Kolonien zu erwähnen. Die Kolonisten würden sich den Weg zu ihren neuen Häusern bahnen. Und die Kolonisierung musste rechtzeitig erfolgen, um eine Chance auf Erfolg zu haben." ."

„Ja", antwortete der Präsident, „aber wie würde das ‚Neun retten' bedeuten? Wir sind uns einig, dass unser Sonnensystem gerettet werden muss. Es gibt neun Planeten. Vielleicht meinte das Orakel, dass die rechtzeitige Nutzung interplanarer Reisen das Sonnensystem retten kann." System."

„Oder zumindest die neun Planeten!" Die dicken Wangen des Kriegsministers wackelten vor Aufregung. „Wissen Sie, es gibt keine Begrenzung für die Größe oder Masse von Objekten, die interplanare Reisen nutzen können. Was wäre, wenn wir unsere Planeten physisch entfernen würden, indem wir sie von der Sonne wegnähen? Wenn die Eindringlinge ankamen, wären wir verschwunden – die Erde." und Sonne und alles andere!"

Der Chefwissenschaftler, der bis zu diesem Zeitpunkt geschwiegen hatte, sprach leise. „Lass es ruhig angehen, Bill. Wir könnten die Planeten natürlich leicht bewegen, aber du vergisst die Beziehung zwischen Masse und Entfernung. Ein einziger Stich dauert etwa einen Tag. Die zurückgelegte Entfernung kann in gewissen Grenzen kontrolliert werden."

„Für ein Objekt in der Größe der Erde reichen diese Grenzen von einem Bruchteil eines Zolls bis zu etwas mehr als zwei Fuß. Nehmen wir an, wir haben zwei Jahre Zeit, bis die Eindringlinge in das Sonnensystem vordringen.

Wenn wir sofort anfangen würden.“ , könnten wir die Erde etwa eine Viertelmeile bewegen, bis sie hier ankommen. Wenn wir versuchen würden, die Sonne mitzunehmen, könnte sie sich in der gleichen Zeitspanne etwa einen halben Zoll bewegen. Ich fürchte, dass die Sonne Das System wird genau hier sein , wenn die Eindringlinge kommen, um uns zu holen. Und ich habe eine Vermutung, dass dies wahrscheinlich viel früher als in zwei Jahren der Fall sein wird.“

Der Innenminister beugte sich vor, sein kurzes Haar sträubte sich. „Ich glaube, wir verschwenden unsere Zeit“, rief er. „Ich stimme Ralph zu. Ich glaube nicht, dass das Orakel mehr darüber weiß als wir. Wenn wir herumsitzen und dumme Wortspiele spielen, warum machen wir es dann nicht im großen Stil? Wir könnten.“ Mieten Sie Fernsehzeit und laden Sie alle ein, ihre Ideen darüber einzusenden, was das Sprichwort auf der Rückseite eines Kastens bedeutet. Oder ein vernünftiges Faksimile. Der Teilnehmer mit der besten Antwort könnte eine kostenlose, kostenpflichtige Tour nach Vega Drei erhalten. Es sei denn, die Eindringlinge Komm zuerst hierher oder dorthin.

Der Präsident nickte. „Vielleicht hat diese Bemerkung mehr Sinn, als Sie meiner Meinung nach beabsichtigt haben, Charles“, sagte er. „Je mehr Menschen über das Problem nachdenken, desto größer ist die Chance, eine Lösung zu finden. Selbst wenn das Sprichwort, wie Sie andeuten, als Witz des Orakels gedacht ist, könnte es sein, dass jemand daraus eine echte Aussage ableiten könnte.“ Lösung. Aber wie gesagt, ich bin absolut sicher, dass der Computer weiß, wovon er spricht. Ohne auf Box-Tops oder kostenlose Fahrten zurückzugreifen, denke ich, dass es klug sein könnte, die Erklärung des Orakels der Öffentlichkeit zugänglich zu machen.“

Nach weiteren Stunden der Diskussion vertagte sich der Rat für ein paar Stunden und John Bristol kehrte müde nach Hause zurück.

Anne begrüßte ihn an der Tür mit einem Drink und folgte ihm zu seinem bequemen Stuhl. „Du siehst aus, als wäre das noch härter gewesen als dein Tag beim Orakel“, sagte sie.

John nickte stumm, nahm einen dankbaren Schluck von seinem Highball und schlüpfte aus seinen Schuhen.

„Diese ganze Aufregung um ein Sechs-Wörter-Sprichwort“, sagte Anne. „Ich bin immer noch der Meinung, dass Sie, wenn Sie sich auf Hexendoktoren und dergleichen verlassen wollen, um Ihre Probleme für Sie zu lösen, viel besser daran täten, es mit meiner Wahrsagerin zu versuchen. Sie gibt Ihnen viel mehr als sechs Wörter für zehn Dollar. Sie verdienen.“

auch mehr Sinn. Ich könnte ein besseres Orakel sein als das Gerät, das du gebaut hast.

„Vielleicht könntest du das, Liebes", antwortete John geduldig.

Anne sprang auf. „Hier, ich zeige es dir." Sie setzte sich im Schneidersitz auf die Couch. „Jetzt bin ich ein Orakel", verkündete sie. „Machen Sie weiter, stellen Sie mir eine Frage. Stellen Sie mir alles; ich gebe Ihnen eine ebenso gute Antwort wie jedes andere Orakel. Ergebnisse garantiert."

John lächelte. „Ich bin nicht besonders in der Stimmung, mich durch Spiele aufzuheitern", sagte er, „aber ich bin bereit, die große Frage jedem zu stellen, der mir irgendeine Antwort geben wird. Sehen Sie, ob Sie das können. " besser mit diesem als Buster. Er wiederholte Wort für Wort die Frage, die er dem Computer gestellt hatte und die zu seiner kryptischen Antwort geführt hatte.

Einen Moment lang starrte Anne mit aufgeblasenen Wangen feierlich ins Nichts. Dann rezitierte sie mit gemessener Stimme: „Es ist, als würde man im Heuhaufen nach der Nadel suchen."

John lächelte. „Das scheint jedenfalls genauso viel Sinn zu machen wie das Orakel", sagte er.

„Sicher", antwortete Anne. „Und du bekommst drei Wörter mehr, als dein anderes Orakel dir gegeben hat, wenn du „es" als ein Wort zählst. Wenn du klug klingende Antworten willst, komm einfach zu mir und spar dir eine Reise."

John sprang auf, verschüttete sein Getränk und ging an Annes Seite.

"Sage es noch einmal!" er schrie. „Vielleicht haben Sie mehr Sinn ergeben, als Sie wussten!"

„Ich sagte, du könntest zu mir kommen und dir die Reise sparen."

„Nein, nein! Ich meine das Sprichwort. Wie bist du auf dieses Sprichwort gekommen?"

Anne schaffte es, verwirrt auszusehen.

„Was ist daran falsch? Ich dachte nur, dass man ohne Nadel nicht rechtzeitig nähen kann. Ich habe gerade versucht, mir ein Sprichwort als Antwort auszudenken, und da kam mir eines in den Sinn. Äh... Geht es dir gut, Liebes?"

John hob sie hoch und drehte sie herum. „Wetten Sie darauf, dass es mir gut geht. Mir geht es gut! Sie haben uns die Antwort gegeben, die wir brauchten.

Sie wissen genau, wo der Heuhaufen ist, und Sie wissen, dass dort eine Nadel steckt. Aber ihn zu finden, ist etwas anderes." wieder. Ich glaube nicht, dass die Eindringlinge *diese Nadel* finden können .

Er setzte sie ab. "Wo sind meine Schuhe?" er sagte. „Ich muss zurück zum Kapitol."

Anne schien leicht überrascht zu sein. „Wegen dem, was ich gesagt habe? Sie liegen direkt auf dem Boden zwischen dir und dem Sofa. Aber ich habe mich nur unterhalten. Was wirst du tun?"

„Oh, ich fange einfach rechtzeitig mit dem Nähen an. Auf Wiedersehen, Liebling." Er ging zur Tür hinaus, rannte zurück, um Anne einen langen Kuss zu geben, und war bald mit Höchstgeschwindigkeit davon.

Anne winkte ihm zu und schien sehr zufrieden mit sich selbst zu sein.

Als Bristol am Kapitol ankam, war der Rest des Rates bereits wieder versammelt und wartete auf ihn.

„Nun, John", sagte der Präsident. „Du hast ziemlich aufgeregt geklungen, als du uns wieder zusammengerufen hast. Hast du herausgefunden, was das Orakel meinte?"

„Ja, Sir. Mit der Hilfe meiner Frau. Es ist offensichtlich, wenn man endlich darüber nachdenkt. Es wird uns vor jeder Gefahr bewahren. Und wir hätten es selbst herausfinden können. Es gibt keinen Grund, warum wir das hätten tun müssen." Gehen Sie überhaupt zum Orakel. Und Buster – der Computer meine ich – brauchte nur zwei oder drei Minuten, um über die Antwort und ein Sprichwort nachzudenken, das die Antwort verbergen würde. Es ist erstaunlich!"

„Und wenn es Ihnen nichts ausmacht, es uns zu sagen, wie lautet diese Antwort?" Der Präsident klang sehr ungeduldig.

„Wir hatten es fast geschafft, als wir darüber sprachen, die Erde außer Reichweite zu bringen", antwortete John eifrig. „Wenn wir ständig von einem Universum zum anderen hin und her springen, werden wir außer Reichweite sein, auch wenn wir uns nicht sehr weit bewegen können. Einmal am Tag tauchen wir für ein paar Millionstel einer Sekunde in diesem Universum wieder auf ..." obwohl es uns wie ein ganzer Tag vorkommen wird.

„Dann verbringen wir den nächsten Tag zwischen diesem Universum und der Beta. Selbst wenn die Eindringlinge bei unserem Wiederauftauchen direkt über uns sind, sind wir wieder verschwunden, bevor sie etwas unternehmen können. Da wir den Zeitpunkt unserer Rückkehr in Grenzen variieren können." , werden die Eindringlinge nie genau wissen, wann wir in die Alpha-Ebene ein- und aussteigen, bis sie unsere ankommende „Bong"-Welle hören, und dann sind wir bereits verschwunden, da wir eine beschleunigte subjektive Zeit nutzen werden."

Der Chefwissenschaftler schüttelte seinen dunklen Kopf und seufzte. „Nein, John", sagte er, „ich fürchte, das ist nicht die Antwort. Es tut mir leid. Wenn wir mit der von Ihnen vorgeschlagenen Operation beginnen, werden wir uns von der Sonnenenergie abschneiden. Die Wärme der Erde wird nach und nach abgestrahlt." entfernt. Obwohl Beta ein höheres Entropieniveau hat als unser Universum, können wir diese Energie nicht nutzen, außer um Energie für den Nähprozess selbst bereitzustellen. Es stimmt, dass wir unseren Planeten den Eindringlingen verwehren würden, aber wir würden uns bald selbst töten es tun."

„Ich meinte nicht, dass wir nur die Erde übertragen sollten, sondern unser gesamtes Sonnensystem", antwortete Bristol. „Wie uns das Orakel sagte, spart der Stich neun. Eine Reihe zeitlich abgestimmter Sender könnte den Zweck erfüllen. Wenn wir das gesamte Sonnensystem hin und her schicken würden, würde der durchschnittliche Mann auf der Straße keine Veränderung bemerken, außer dass es manchmal dort ist Es gäbe keine Sterne am Himmel. Und wenn sie dort wären, würden sie sich nicht bewegen.

„Das würde theoretisch funktionieren", sagte der Chefwissenschaftler. „Und wenn wir uns erst einmal im kontinuierlichen Zusammenfügen befanden, konnte sich jeder Eindringling, wie Sie vorgeschlagen haben, dem System nur anschließen, indem er den Sender in seinem Schiff genau mit allen unseren synchronisierten Sendern synchronisierte. Ich glaube nicht, dass diese Aufgabe jemals erledigt werden könnte."

„Denken Sie jedoch daran, dass unsere eigenen Sender auf den Bruchteil einer Mikrosekunde zeitlich abgestimmt sein müssten. Wenn man bedenkt, dass einige der Instrumente so weit voneinander entfernt sein müssten, dass es bei Lichtgeschwindigkeit Stunden dauern würde." Um von einem zum anderen zu gelangen, wird das Problem enorm. Jede Funkzeitverbindung wäre nutzlos.

Bristol nickte. „Das Orakel sagte, dass der Stich rechtzeitig erfolgen muss", stimmte er zu. „Aber das ist kein wirkliches Problem. Wir können einfach ein kleines Roboterschiff auf interplanare Reise schicken und es zurückprallen lassen. Der ‚Bong' seiner Rückkehr erreicht alle Sender gleichzeitig und wir können das als ersten Zeitimpuls verwenden." . Sobald die Operation beginnt, wird es einfach sein, sie zu synchronisieren, da wir immer wieder umschalten, sobald wir zur Alpha-Ebene zurückkehren."

Der Chefwissenschaftler entspannte sich. „Ich denke, das reicht aus, John. Wir verstecken uns in der Zeit, statt in der Ferne."

„Wir nähen rechtzeitig", korrigierte der Präsident, „und verstecken uns wie die Nadel im Heuhaufen."

„Die Eindringlinge werden vielleicht irgendwann eine Methode finden, unserer Verteidigung entgegenzuwirken", sagte der Chefwissenschaftler, „aber es wird zweifellos viel Zeit in Anspruch nehmen. Und in der Zwischenzeit werden wir die Gelegenheit haben, ihre Heimatplaneten aufzuspüren und zu zerstören." . Es wird ein langer, langsamer Vernichtungsprozess sein, aber wir haben gute Chancen zu gewinnen."

„Damit bin ich nicht einverstanden, Tom", sagte John. „Ich glaube nicht, dass Vernichtung die Antwort sein kann. Wenn wir uns an unserem Beispiel orientieren, können die Eindringlinge mit Hilfe von Nähten genauso leicht vor uns fliehen, wie wir damit vor ihnen fliehen können. Was wir jetzt tun sollten, ist, die Eindringlinge zu kontaktieren und es ihnen zu zeigen." ihnen, dass es für uns beide von Vorteil ist, die Feindseligkeiten zu beenden. Indem wir das Sonnensystem und die anderen Systeme unserer Konföderation in die Alpha-Ebene hinein- und herausnähen, sollten wir in der Lage sein, die nötige Zeit für den Kontakt mit dem Feind zu gewinnen und schließe Frieden mit ihm.

„Nach dem, was mir das Orakel über die menschenähnlichen Eigenschaften der Eindringlinge erzählt hat, ist es sehr wahrscheinlich, dass sie auf die Vernunft hören werden, wenn sich herausstellt, dass es zu ihrem Vorteil sein wird."

John schnippte mit den Fingern und sprach mit großer Aufregung. „Jetzt verstehe ich, glaube ich, warum Buster mir mitgeteilt hat, dass es einen anderen Grund für seine vage Antwort auf unsere Frage gibt. Das Orakel verspürt eine Abneigung, die Zerstörung der menschlichen Zivilisation hinzunehmen. Ich bin mir sicher, dass es ebenso ablehnend ist, dies zu akzeptieren Ermöglichen Sie die Zerstörung der Zivilisation der Eindringlinge. Buster vertritt einen objektiven Standpunkt bei der Anwendung der *Morés*, die ihm der Mensch gegeben hat. Und es scheint mir, dass Buster es für wichtig hielt, dass wir diesen Geist des Kompromisses selbst erreichen. Wie denken Sie darüber? , meine Herren?"

Die Debatte ergab schnell, dass alle sieben Mitglieder des Rates einen Versuch, einen Waffenstillstand zu schließen, befürworteten — einige von ihnen wurden zu dieser Meinung gezwungen, weil sie keinen Weg fanden, den Eindringlingen an die Kehle zu gelangen.

Nachdem der Rat zu dieser Schlussfolgerung gelangt war, wurde er sofort aktiv. Innerhalb weniger Wochen verschwand das gesamte Sonnensystem zusammen mit den anderen Planetensystemen der Konföderation, mit Ausnahme ihrer kurzen täglichen Rückkehr, aus dem Alpha-Universum.

John Bristol entspannte sich ein paar Tage nach Beginn des fortlaufenden Nähens entspannt auf dem Sofa in seinem Wohnzimmer, als es plötzlich an der Tür hämmerte. Er öffnete es und sah den Chefwissenschaftler vor seiner Tür stehen, seine Augen waren vom Schlafmangel gerötet.

„Guter Gott! Was ist los mit dir?" fragte Bristol. „Hast du zu viel gefeiert? Komm rein, Tom, komm rein."

Der Chefwissenschaftler trat müde ein und setzte sich. „Nein. Ich habe nicht gefeiert. Ich habe versucht, ein kleines Problem zu lösen, das Sie uns hinterlassen haben. Wie Sie vorgeschlagen haben, haben wir geplant, Expeditionen auszusenden, um mit den Eindringlingen Kontakt aufzunehmen und eine Einigung mit ihnen zu erzielen. Das können wir." „Schick sie los, aber wie können wir sie jemals zurück in unser Sonnensystem bringen? Sie werden uns nicht einfacher finden als die Eindringlinge."

***

Er ließ seinen Hut müde auf einen Beistelltisch fallen und ließ sich auf den nächsten Stuhl fallen. „Wenn wir uns nicht kontaktieren", sagte er, „bin ich sicher, dass die Eindringlinge eines Tages einen Weg finden werden, unsere Verteidigungsanlagen zu durchdringen. Sogar Nadeln im Heuhaufen können gefunden werden, wenn man sich genügend Zeit nimmt und nicht gestört wird." während du auf der Jagd bist. Dieses Ding hat mich geleckt.

Bristol setzte sich langsam. „Ihre gesamte Abteilung konnte keine Antwort finden?"

„Nicht einmal der Schimmer einer Idee." Er zuckte mit den Schultern. „Es sieht so aus, als ob wir erneut den Rat Ihres Orakels brauchen werden."

Bristol stand eine Minute nachdenklich da und sagte dann mit einem Lächeln: „Natürlich. Entschuldigen Sie mich bitte kurz. Ich bin gleich wieder da."

Er trat an den Fuß der Treppe und rief mit selbstbewusster Stimme: „Komm mal kurz runter, Anne, Liebling! Ich habe eine wichtige Frage, die ich dir stellen möchte!"

www.ingramcontent.com/pod-product-compliance
Lightning Source LLC
LaVergne TN
LVHW041813190726
843493LV00009B/2898